KB083461

그냥

시와소금 시인선 · 75

그냥

정명순 시집

시와소금

- 정명순 시인은 충남 홍성 출생으로 공주대학교 사범대학
  역사교육과와 공주대학교 교육대학원 역사교육과 졸업하였다.
- 한서대학교 평생교육원 문예창작과를 수료했으며
  2003년 《동강문학》으로 등단하였다.
- 시집으로 『한 개 차이』 『웃음으로 쏟아지는 눈물』이 있다.
- 현재 충남시인협회, 홍성문인협회, 서안시문학회, 물앙금시문학회
  회원으로 홍성공업고등학교 교사로 근무하고 있다.
- 이메일 : jms2497@hanmail.net

제 시가 슬프다는 말을 듣습니다.
하지만
죽음이 저의 목표가 아니듯이
슬픔이 저의 목표는 아닙니다.

슬픔은 기쁨으로 가는 징검다리
건너뛸 때마다 휘청거리지만

바람 한 줄기, 햇볕 한 줌
그리고 좋은 사람들 속에서
작은 희망을 찾으며 살아갑니다.

곁에서 힘을 주시는 모든 분께
희망을 분양해 드립니다.

서해 노을 속에서
정명순

| 차례 |

| 시인의 말 |

제1부 그냥

제2부 꽃길

제3부 희망아

제4부 누구

그냥

'그냥'
바보처럼 '그냥'

때론 지루했지만
순간순간 치열했던

삶

있는 그대로
보는 그대로

진화

돌아서면 까먹는다
덮는 순간 하얘진다
눈앞에 있는 것만 존재한다
존재하는 것만 기억한다
기억하는 것만 내 것이다
하나 둘…, 지워진다
내 것도 더 이상 없다

나도 없다

뻐꾸기시계

죽은 듯 숨을 멈추었던 어느 날부터
뻐꾸기는 맘대로 울기 시작했다
한 시에 한 번, 두 시에 두 번, 세 시에 세 번…
매일 같은 시간의 문을 열고 나와
이십여 년을 울어왔는데
남은 세월도 그렇게 울어야 하냐는 듯
뻐꾸기는 제 맘대로 울어댔다

열한 시, 한 번 울고는
쌩하니 들어가 버린다
새벽 한 시, 계속 울어 쪽잠을 깬다
시집올 때 가져온 이 빠진 접시처럼
찌그러진 양은 냄비처럼
삐딱하게 걸려 삐딱삐딱거린다

뻐꾸기가 나올 때마다 뛰어나와 박수치던
딸아이의 목소리로 웃다가
비 오는 날 엄마의 앓는 소리를 내기도 하고

하루를 48시간으로 살던 나의 삼사십 대
숨 가쁜 호흡으로 헉헉거리기도 한다

어둠이 내려앉은 밤
뻐꾸기는 가래 끓는 소리를 내며 낡아가고
나도 낡아가기에 익숙해진다
아침인지 점심인지 분간을 못하는
치매 걸려버린 뻐꾸기의 하루하루,
여전히 거실 한 가운데에서 울고 있다

심술 난 제비꽃

심사가 뒤틀린 이유를 모르겠다
'그냥' 이라고 애매하게 변명하면
'지랄', 퉁명스런 맞바람이 치겠지만
햇살 부서지는 봄날
얼굴 내밀지 못하는 먹구름처럼
한 귀퉁이에서 혼자 부글거린다

적당한 햇살,
적당한 향기,
돌을 던져 깨치고 싶은 하늘
봄바람이 나를 겉돌기 시작한다

아무리 뽑아 올려도
아래로만 깔리는 향기는
뿌리로 쏟아지고
지나치는 발길에 밟히며
무뎌지다 못해 독해진다

〉
– 너답지 않게 왜 그래,
까칠한 바람이
꽃잎을 툭, 치고 지나간다
– 날씨 탓이지 뭐,
보랏빛 멍이 깊어진다

물색

어느 시인은 죽음이
검은색이라 했습니다. 자신을
어둠속으로 몰아넣으며
아무도 모르게
머리부터 발끝까지
어둠이 되겠다고 합니다

또 다른 시인은 죽음이
핏빛이라 했습니다. 자신은
사랑도 곤히 못하고
곤히 죽지도 못하고
피를 토하듯 붉게
생을 흩뿌린다고 합니다

죽음은
그저 죽음일 뿐
무슨 색이 있을까요
그것은 그저 삶의 색이지요

>

물색없이 살아온 나는
물색이고 싶습니다
검게, 붉게, 때로는 하얗게
살아온 시간들
모두 걸러내지는 못할 듯합니다
가끔은 소용돌이치겠지만
밑바닥으로 가라앉히며
철저한 물색이고 싶습니다

자작自酌

티비를 켠다
여행 채널을 골라 제주 바다를 펼쳐놓고
계란 프라이 두 개, 김치 몇 점
밥 한 술도 한 접시에 담는다
소주잔을 하나 챙기면
밥상은 술상의 경계를 넘는다

언제부턴가
내 저녁상은 단출해졌다
약은 늘고 밥은 줄어들었다
아이들 웃음소리는 12살에 멈춰진
가족사진 속에 걸려있고
밥 먹을 시간도 없이 뛰어다니던
시간은 이제 거실바닥에 널브러져 있다

자작, 혼자 마시는 술
자작, 내가 만든 것, 나를?
아, 혼자서?

내게 말장난을 걸면서
안주 같은 밥을 오래오래 씹는다

지나온 시간을 위해
혼자가 되어가는 나를 위해
남은 시간을 위해
가득 채운 술잔 속으로
우도牛島의 붉은 노을이 진다

그 또한 달빛

지는 해를
조용히 지켜보는 낮달
해는 붉고 달은 창백했다

해가 바다 속으로 들어갈수록
시린 빛으로 변하는 달

담담한 마음이 아니면
이별은 지켜볼 수 없는 것

재회라는 여지도
흘리는 눈물도 없이
초연한 듯 서늘하게

이별의 빛깔이 있다면
그건 달빛,
기다림의 빛깔이 있다면
그 또한 달빛

\>
지는 해를
끝까지 지켜보는
창백한 달 속으로
붉은 빛이 스며드는 것을 보았다

멍

통증의 기억은 없다
분명 예리하게 다녀갔을
그 순간, 눈에 불똥이 튀었거나
별 몇 개 쯤 떴다 사라졌을 텐데
홀로 푸르다 못해 붉어지며
서서히 통증의 기억을 지워가고 있다

기억을 못하는 것인지
기억하기 싫은 것인지
나도 모르게 들어있는 멍들
통증은 자생력이 있어
돌보지 않아도
혼자서 흔적을 지운다

마음속에 든 멍도
모른 척 내버려 두면
조금씩 굳은살이 박인다
어쩌다 비가 내리는 날이면

통증이 다녀간 자리가 쑤셔대지만

그건 날씨 탓,

통증은 어제의 일이다

소금꽃

단국대병원 55동 14호실
침대에 누워 죽은 듯
흘러가는 구름이고 싶었다
아프면 아프다고 말하고 싶었다
시간과의 신경전을 멈추고
전화기도 꺼버리고
요일도 날짜도 지웠다
해가 뜨면 아침, 별이 뜨면 밤

밤은 집요하게 생각을 끌어내려 했지만
대적하지 않으니 꼬리를 내렸다
통증은 어둠을 먹고 더 강해지지만
진통제 없이 그대로 받아들이다 보면
생각으로 꽉 찬 밤이 사라진다
생각은 통증에 약하다
내 자신에게서조차 멀어진다
몸에서 빠져나간 내가
내 몸의 통증을 바라보고 있다

>
시간은 동동거리지 않는다
흐트러짐 없는 고요
창밖으로 오가는 시간을 보고 있으면
형체만 보이는 소나무처럼
삶도 사랑도 객관이 되고
통증도 하얀 소금꽃으로 피어난다

행선行禪

까닭은 있었다
대책 없어, 뛰어나가
어둠 속을 무작정 걸었다
플라타너스 늘어선 운동장을 돌면
심장은 서서히 서늘해지고
숫자를 잊을 때쯤이면
걸음이 나를 이끌었다

밟히면서 무뎌지는 모든 길은
생각의 한 층層
세월이 꼼꼼히 다져놓은
흔들리는 마음의 층, 층, 층

지구의 손아귀에 붙잡혀
한 번도 떠나본 적 없는 달이
제자리만 뱅뱅 돌고 있는 나를
물끄러미 굽어본다
나를 움켜쥐고 흔들고 있는 것은

또 무엇인가

웃었다, 울었다
빛이었다, 어둠이었다
반복하는 달과 다를 게 없다고
크게 웃어준다

불꽃놀이

단 한 번도
똑같은 하루는 없었다
입술 질끈 깨물며, 매일 아침
같은 각오로 시작했지만
결과는 늘 달랐다
결과마저 없는 날도 많았다

화려하고 큰 꽃일수록
소리가 요란하고 흔적은 깊었다
어느 날은 소리만 요란할 뿐
작은 꽃잎조차 그리지 못하고,
어느 날은 아예
봉오리조차 열지 못했다

도대체 하루 속에는
무슨 꽃이 숨겨져 있는지
터져봐야 알 수 있는
이름 모를 불꽃

>
하늘을 향한 격전이듯
숨 쉴 틈도 없이 불꽃이 터지며
밤하늘에 수많은 꽃이
피었다가 사라졌다
잠시 영원한 별을 꿈꾸다

살맛

매운맛은 통증이다
단맛 신맛 짠맛 쓴맛처럼
혀로 느끼는 맛이 아니라
살 속을 파고드는 아픔맛이다
땀을 뻘뻘 흐리며
엔도르핀을 만들어 통증에 맞선다
아픔을 견딘 얼얼하고
속 시원한,
그게 바로 매운맛이다

벼랑 끝으로 내모는
세상의 공격에 맞서는 길은
희망이라는 엔도르핀을 만드는 것
슬퍼도 웃으며
아파도 크게 웃으며
후끈후끈 견디고 느껴지는
매콤한 살맛

\>
청양고추 듬뿍 들어간
낙지볶음도 잘근잘근 씹는다
뜨거워지는 내 몸은, 분명
희망을 펌프질 할 것이다

빈집

철새는 반드시
고향으로 돌아간다
한 번도 가본 적 없는 하늘길을
어미새의 뒤를 따라 돌아간다

연어는
거친 계곡을 거슬러
어미의 살점 냄새를 좇아
기억 속으로 돌아간다

아, 내 고향은 어딜까
떠나지도 않았는데
돌아갈 곳도 없는,
내 고향은 도대체 어디지

생각은 생각일 뿐
길을 보여주지 않는다
오랜 방황의 길을 돌아

결국 내 앞에 나타난 나의 빈 집
아직 불씨가 남아있는 것일까

생각이 미치지 못하는
마음을 따라
밖에서 서성이는
낡고 빛바랜
별 하나

하루하루

안전벨트를 맬 것
심호흡을 하고
방향을 정한 뒤
시동을 켜는 거야
출발은 부드럽게
방향등을 켜고
양보도 하고
때론 천천히
때론 빠르게
오르막에선 힘껏 밟고
내리막에선 속도를 줄여야 해
가끔 창밖의 풍경도 보고
새로운 길도 가보고
속도에 끌려가지마
나만의 속도로 달리다
돌아와
길을 멈추면
오늘 하루는
끝

주산지에서

눈물에 몸담고 있다 해서
푸른 싹이 돋지 않는 건 아니야
눈물에 몸담고 있다 해서
뿌리가 썩는 것도 아니잖아

눈물은
눈물 속에서만 알 수 있지
눈물에 봄을 맞아 싹을 틔우고
눈물에 바람 모아 가슴을 씻어주고

슬프다고 행복하지 않은 건 아니야
봄햇살 속으로 이따금
네가 들어와
같은 꿈을 꾸기도 하잖아

애인

앓던 이를 뽑았다
뽑아내면 시원할 듯 했는데
통증이 가시질 않는다
찢어진 잇몸에서 피냄새가 나고
찬바람이 씹힌다

아픈지 꽤 오래되었다
몸이 안 좋아지면 제일 먼저
퉁퉁 부어오르며 아파했다
몸이 아프면 이도 아프고
이가 아프면 몸도 아프고

통증이 가라 않을 때 쯤
서서히 잊혀갈 것이다
없어도 살아질 것이다
어쩌면 새 이가 들어와
빈자리를 메워줄지도 모른다

>
함께 뽑혀나간 시간
흔적을 맴도는 기억
대충 씹어 삼킨
하루하루가
설정설정 넘어간다

도깨비에게

그대에게 홀리고 싶다

외로움 사이사이로 뚝딱!
고단함 사이사이로 뚝딱!
깜짝깜짝 기분 좋은 웃음을 주는
전설 속으로 빠지고 싶다

기도가 현실이 되는
도깨비굴로 살짝 들어가
하고 싶었던 일
하지 못했던 일
안된다는 일을 맘껏 저지르고

뚝딱!
이 세상에서 감쪽같이 사라져
아득한 별에도 가고

뚝딱!

젊은 내가 하늘을 날아다니는
말도 안 되는 꿈속으로

고개를 들면,
뒤를 돌아보면,
생각만 해도 나타나는
익살스럽고 따뜻한

그대에게 홀리고 싶다

눈이 와요

고것 참,
잔 숨결처럼
살포시 솜털에 앉아
파르르 작은 이슬이 되어요

아찔해요,
민들레 홀씨처럼 사뿐사뿐
입김만 불어도
까르르 간지럼을 타요
웃음소리가 종소리처럼 번져
대책 없이 가슴이 뛰어요

그만해, 그만해,
동동거려도 소용없어요
내 맘 같은 건 상관없다는 듯
나풀거리며 다가와요

심장 뛰는 소리

다 들으면서도
모르는 척, 천연덕스럽게
나를 덮어버려요

어쩌나요,
막무가내로 눈이 와요
훅, 불면 날아가 버릴 것 같은
가벼운 눈이 그칠 줄 몰라요
속절없이 무너져 내리는
마음, 어쩌나요

꽃길

꽃이 지네
꽃이 지네
나를 향한 날갯짓에
세월이 지네

그리하여
나에게 가는 길은
늘 꽃길이네

나에게 가는 길
―용산으로 가는 기차·1

용산으로 가는 기차는
불안하지 않다

깊은 잠에 들어도
복잡한 생각에 잠겨도
음악에 빠지거나
나를 잊어도 된다

종착역이란
그런 것이다

봄길
— 용산으로 가는 기차 · 2

살아 있으면
봄은 다시 온다
눈 쌓인 쇄골 사이로
햇빛이 파고들어 봄을 깨운다

백내장 수술을 했다고
이를 뽑고 굶었다고
디스크 때문에 죽겠다고
카톡방이 시끄럽다

순간,

자궁암으로 갔다는 친구의 소식에
수다가 얼어붙는다

방사선과 산부인과 치과
오늘은 영등포 안과로 가는
아픔이 익숙한 나이

>
욱신거리는 통증 사이로도
봄바람이 불어온다
먼저 간 친구의 봄까지
아련하게 끌고 온다

바람이 먼저

— 용산으로 가는 기차 · 3

삼월 이십육일,
봄이 가까이 왔다고 생각했다
생각은 늘 앞서간다
가볍게 걸친 걸 후회하며
움츠린 채 기차를 기다린다
철길을 달려오는 바람에서는 쇳소리가 난다
서성대는 바람들 속에 낯익은 이가 있다
누구인지 굳이 생각지 않는다
3호차 51번을 되뇌며 기차에 오른다

몸이 기차 바닥으로 깔린다
수원까지 한 번도 눈을 뜨지 않았다
옆자리로 애기 엄마가 다녀가고
몸집이 작고 조용한 사람이 탔다
뒤에서 아빠와 딸이 과자를 먹고 있다
사람이 탈 때마다 찬바람이 따라 들어온다

깜깜하게 보이지 않던 세월

지나고 나니 어둠속에서도 훤히 보인다
그 길에서 갑자기 나타났다 떠나간
사람의 모습도 잠시 선명해진다
머물렀던 자리와 도망치듯 떠났던 자리
그 때마다 떨어뜨린 가벼운 약속도

남은 길에도 바람이 기다리고 있겠지
붉은 빛이 어른거리고 몸이 따뜻해진다
햇살이 창가로 바짝 다가와
안긴다, 느낌이 좋다, 오랜만에
고르게 쏟아지는 햇살처럼
이 세상 슬픔도 공평할까
내 어깨를 도닥여준다

사람
— 용산으로 가는 기차 · 4

참 힘든데
슬프고 지겹기까지 한데
사랑이라니

사랑,
괘씸한 단어가
기차 바퀴에
잘근잘근 밟힌다

밟힐수록 부서져
잘게 부서져
벚꽃처럼 날린다

그냥
내버려
둔다

철로
― 용산으로 가는 기차 · 5

나는 나
너는 너

만나는 순간부터
마지막까지

가깝지도
멀지도 않은 표준궤
1450mm

기막힌
평행선

기똥찬 날
― 용산으로 가는 기차 · 6

꽃잎 흩날리는 늦은 봄날
기차는 봄의 속도로 달린다

야상곡에 맞춰
꽃이 지고, 봄이 가지만
꽃보다 더 고운 잎이 피고

독감을 앓던 내 몸도
봄물이 드느라 근질거린다

사과꽃이 진자리로 날아가
푸르게 박히는 소소한 꿈들

햇볕에 몸을 말리며
기차는 여름으로 달린다

흔들리는 계절
― 용산으로 가는 기차 · 7

미쳤대, 계절이 미쳤대
5월인데 폭염주의보라니
일찍 피어버린 아카시아가
향기도 없이 지고
봄이 시들거리고 있어

세상이 미쳐 돌아가고
나도 덩달아 돌고 있는데
계절이라고 배겨나겠어?

여름 같은 봄이어도 좋고
봄 같은 여름이어도 좋아
조금 이를 뿐
조금 늦을 뿐

가끔은 혼란스러워
지축이 흔들리지만

봄은 여름을 향해 가고
사람은 사랑을 향해 가고

뒤란
— 용산으로 가는 기차 · 8

기찻길을 따라가다 보면
등 돌린 집들
뒤란이 눈에 들어온다

보여주기 싫은 것들
보고 싶지 않다는 듯
지저분하고 낡은 것들
쓸모없는 것들
숨기고 싶다는 듯

창문은 작고 두툼하다
키 큰 나무로 가렸지만
어설픈 틈새로 고스란히 드러난다

누구나 부끄러운 것이 있다
누구나 숨기고 싶은 것이 있다
완벽하게 숨겼다 생각하지만
허술하게 드러나는 뒷모습

\>

두엄에서 아무렇게나 자란 호박넝쿨이
황금등을 켜는 계절에
잠시 앞마당처럼 살아나는 뒤란

항아리 속에 밀봉해 둔 사연이
기차를 따라 나선다

천둥 속으로

── 용산으로 가는 기차 · 9

천둥이 돌풍을 끌고 온다고 했다

각오하고 나온 길, 기다린다

차창 밖 세상은 아직 조용하다

조짐을 보이기 시작하는 구름을 따라

평택을 지나자, 저기

검은 숨을 고르는 하늘이 보인다

기차는 겁 없는 아이처럼

흔들림 없이 돌풍을 향해 나아간다

비장함이 젖은 철로에 깔린다

수원을 지나고

돌풍 속으로 들어갈 준비를 한다

두려움이 현실 뒤로 숨는다

피하지 않는다, 아프게 젖겠지만

전속력으로 뚫고 나갈 것이다

세상은 공평하지 않다는 것쯤

이제는 나도 안다

지금은 속도를 내야할 때,

사납게 우르릉거리는

검은 입 속으로

핏줄
― 용산으로 가는 기차 · 10

성성한 반백의 정수리들이
흔들흔들 기차는 달려간다
멈출 줄 모르고 달려온 시간
간이역에 잠시 숨을 풀어놓으며
반쯤 누운 채 실려간다

서울이 아무리 복잡한 미로라 해도
이들의 길은 단순하고 명확하다
모든 길은 오직
한 집으로만 입력된다
딸, 아들, 바로 그 집

영등포에 가까워지면
여기저기서 전화벨이 울린다
―다 왔어. 영등포여
벨소리보다 더 큰 목소리

용산역에 도착하면

입력된 유전자 지도를 따라
몸집만한 보따리를 양손에 들고
더듬더듬 핏줄 따라 흩어진다

고[go]
— 용산으로 가는 기차 · 11

중풍 맞은 남편을 붙잡고
할머니가 기차에 오른다
땀에 흠뻑 젖은 흰머리가
깊은 주름 속에 박혀있다
흘리는 침을 닦아주고
사과를 깎아 먹인다
커튼을 열어 가을을 보여준다
꿈먹꿈먹 창밖을 응시하다
눈을 감는 할아버지
할머니는 커튼을 치고
숨을 확인한다

팔을 걷어붙인 할머니는
스마트폰을 열어젖힌다
화투장이 신명나게 날아다닌다
고, 고, 스톱,
이기면 어떻고 지면 어때
맘대로 고, 맘대로 스톱

시원하게 패를 던진다

죽어도 다시 살 수 있고
죽어도 다시 살 수 있고

씹히다
— 용산으로 가는 기차 · 12

구속, 여야, 남북, 미세먼지, 미투
땅값, 건물주, 대학, 백수, 장래, 연금
고향, 동창, 자식 농사, 일찍 간 누구
죽일, 살릴, 온갖 오지랖이
맛동산과 함께 바삭바삭 씹힌다

나라의 비리가 고스란히 드러나고
동네 족보가 하나 둘 씩 들춰지더니
한 집안의 내력이 낱낱이 읽힌다

잘난 것도 내세울 것도 없지만
부끄러울 것도 거리낄 것도 없다
듣든 말든 거침없이 내뱉는 말들

─술 좀 덜 먹어라 그래갖고 살 것냐
─쌈지랄만 하고, 정신 좀 차려라
─니가 술 사줬냐, 술 없이 어찌 사냐
술꾼 하나가 지청구를 먹으며 웃는다

>
씹할만한 건더기도 없는 가난한 이들이
세상을 들었다 놨다 들었다 놨다
가볍게 씹어대며 긴 터널을 빠져나간다

안개
— 용산으로 가는 기차 · 13

안개 짙은 9월의 새벽
첫 기차를 탄다
신호조차 보이지 않는 길을
기차는 매끄럽게 나아간다

캔커피 하나 창턱에 올려놓고
의자 깊숙이 몸을 묻는다
캔에 붙어있는 미남 배우 김수현이
한 순간도 눈을 떼지 않고
나를 바라보며 웃는다
나도 웃음을 던져준다

산다는 것이 얼마나 고단한 일인가
때론 사랑조차 고단하여
훌훌 털어버리고 싶지 않은가

영화 필름처럼 펼쳐지는 상념들
한 장 한 장 잘라 창밖으로 던진다

노량진의 비린내가 눈에 보인다
한강 다리를 건널 때쯤 안개 사이로
빼곡한 현실이 눈 앞에 펼쳐지고
수많은 길이 본색을 드러낸다

김수현은 여전히 웃고 있다
나도 웃으며 진한 윙크를 날려준다

울컥
— 용산으로 가는 기차 · 14

대합실에서 기차를 기다리다
티비에 나오는 누구를 보았다
작은 배에 조각달처럼 걸터앉아
강을 따라 흐르고 있었다
저렇게 웃었던 적이 있었나
환하게 물결치는 미소
상관없이 산 지 오래되었는데
걸린 기억이 우어처럼 튀어오른다

한 외로움이 내리면
다른 외로움이 오른다
변함없는 외로움의 무게, 세월에도
끄떡하지 않는 질량보존의 법칙.
여전히 옛 자리에 서서
서서히 삭아가는 전신주
모든 것을 잊었다는 듯이
하늘은 지독히 푸르다, 보란 듯이
나도 간이역을 지나쳐간다

스쳐간 향기
— 용산으로 가는 기차 · 15

아주 가까워,
누군지 모르지만
같은 공간에서 우린
같은 곳을 향해 가고 있어

익숙한 향기가
옛사람을 끌고 왔지만
눈을 뜨지 않았어

영등포에서 내린 것 같아
그런데 향기는 여전히 남아
나는 눈을 뜰 수가 없었지

용산에 도착했을 때
사람은 없고
향기만 남아있었어, 그때에도
눈을 뜨지 말아야 했어

불치병
— 용산으로 가는 기차 · 16

뭐지?

달려가면
철길 끝에서 누군가
나타날 것 같은
근거 없는
이 기다림은

뭐지?

가도 가도
막막한 길
아무 것도 잡히지 않는
길 위를 거침없이
거슬러 올라오는
대책 없는
이 외로움은

뭐지?

1호차 52번
— 용산으로 가는 기차 · 17

눈이 내리면 첫차를 탈 거야
폭설이면 더 좋아
1호차 52번, 넓은 창 아래 앉아
밤새 쌓인 눈을 헤쳐 볼 거야

엇갈려만 가는 세상
조용히 덮어버리려는
속내를 뒤집어 볼 거야

별 것 아닌 듯 별것인
뻔한 듯 뻔하지 않은
도무지 알 수 없는 평행선

다시 눈은 내리고
진실은 미궁으로 빠지겠지만
결국, 눈으로 가린 겨울

봄을 이기는 겨울은 없으니

71

제 **3** 부

희망아

희망아

도망치자

아무도 모르는 곳으로

나조차 모르는 곳으로

달아나, 숨자

오월
— 노랑진을 훔쳐보다 · 1

어디로 숨어야하나
장미로 피어나는 화려한 날들

카네이션 꼬깃꼬깃 접어
서툰 손 편지로
'엄마, 아빠 사랑해!'
해맑던 딸은 어디로 갔나

어느 하루도
붉게 살지 않은 날이 없는데
파랗게 질려버린 청춘의 오월

어느 하늘 아래로
몸을 숨겨야 하나

밤거리
— 노량진을 훔쳐보다 · 2

그럴싸한 명함들이
가래침에 자근자근 밟힌다
터진 쓰레기 봉지에서 빠져나오는 한숨
고시 지옥에도 붉은 환락은 공존하여
공부하는 건지 노는 건지
노는 건지 싸우는 건지
싸우는 건지 토론하는 건지
토론하는 건지 하소연하는 건지
하소연하는 건지 우는 건지
우는 건지 웃는 건지
시작도 하지 않았는데 이미 닳고 닳은
섣부른 삶이 북적댄다
있을 건 다 있으나, 중요한 것은 없고
원칙과 정의를 배우는 곳인데
제 맘대로 정의된다, 공부라는 면책권 아래
자유가 남발되기도 하고
정상도 비정상으로, 가끔
비정상도 정상으로 보인다

이륙離陸

― 노량진을 훔쳐보다 · 3

골목이 자글자글 끓는다
생선찌개가 고기 타는 냄새 속으로
볶음밥 사이사이에 김치 부침개가
향수 냄새에 커피 향이 섞이고
담배 연기가 모든 냄새를 버무린다
바람은 컵라면 빈 그릇 속에서 나뒹굴고
누군가 게워낸 열변에 파리 떼가 몰려든다
어두운 골목에 질척하게 밟히는 냄새들
책벌레는 세상의 모든 냄새를 먹고 산다
다 먹고 살자고 하는 짓이니
치열하게 공부하는 만큼 치열하게 먹는다
입에 맞는 냄새 하나 건져
빠른 탈출을 꿈꾸는 거리,
늦은 밤 캐리어 끄는 소리가
좁은 골목을 뒤흔든다
저 소리는 이륙일까
떠나는 사람들이 부러워서 한 잔
남겨진 사람들이 안쓰러워 한 잔
매일매일 이별의 술잔을 부딪친다

사랑이라는 사치
— 노량진을 훔쳐보다 · 4

가난 앞에 청춘은 없다
백수의 앞길에 사랑은 없다
전쟁터에서 살아남기 위해
다리 뻗을 자리 하나 얻기 위해
오늘 그는 사랑을 버렸다, 과감히
애초부터 사랑은 사치였다
거지처럼 허기진 외로움 때문에
잠시 현실이 흔들렸다
사랑이 깊어질수록, 그렇게 믿을수록
죄책감은 커져갔다
그의 힘든 시간 위로
그의 힘든 시간이 켜켜이 쌓였고
그의 외로움 사이사이에
그의 외로움이 끼어들어
둘은 작은 바람에도 흔들렸다
사랑은 해결책이 아니라고
그는 결론을 내렸다
어렵게 시작한 사랑,
오늘 그는 버려졌다, 가볍게

타로점*
─ 노량진을 훔쳐보다 · 5

길을 바꾼다는 것
새로운 길을 간다는 것은
첫걸음만큼 두려운 일이다

한 우물을 파며
깊이 내려가
헤어 나오지 못하고
갇혀버린 청춘들

접어야 하나
계속 가야 하나
접자니 아깝고
계속 가자니 깜깜하고

뒤집어볼까, 인생
내일을 카드 한 장에 걸어볼까

*타로점 : 선택한 타로 카드의 의미를 해석하여 점을 치는 일.

김치부침개
— 노량진을 훔쳐보다 · 6

종로에서 몇 십 년 하던 서점을 접고
노량진 길가에 포장마차를 연 노부부
한 평 남짓 화기 속에서 김치전을 부친다

책을 파는 일은 더 이상 입에 풀칠을 해주지 않고
정신을 채우는 일은 고리타분한 일이 된 현실
책을 내려놓고 후라이팬을 잡았다

그래도 책을 끼고 다니는 고시생들 곁에서
둥글둥글 배를 채워주며 자기 배를 채운다
퀘퀘한 책갈피로 스며드는 고소한 냄새
무조건 싸야 하니 반죽은 묽어진다

적당히 익어가는
김치전을 가볍게 뒤집듯
생生도 이쯤에서 확 뒤집어
노릇노릇한 아침해가 떠오른다면

＞
고생 끝에 낙樂이 온다는 말
젊어 고생은 사서 한다는 말
책 속에 길이 있다는 말

위로의 말들을 버무려
저녁 한 끼를 때운다

술집
— 노량진을 훔쳐보다 · 7

북적거리는 횟집이 있다
모듬회 한 접시에 이만오천 원
싼 게 경쟁력이다
그래도 수산시장이 코앞인데
회만큼은 싱싱하지 않겠나
나름의 근거로 걱정을 밀어낸다
큰소리가 큰소리를 낳으며
북적거리는 횟집 테이블은
술병이 반을 차지한다
오늘은 옆 테이블 소리가 제일 높다
경찰 시험을 준비하는 놈이다
죄지은 놈들을 잡는
법의 비리를 까고 있다
놈을 고성방가 죄로 처넣고 싶지만
여기는 술집, 술집 아니면
놈이 큰소리 칠 곳이 어디 있겠나
맘껏 주사부릴 곳이 있겠나
테이블이 부서져라 두드리며

안주 없이 부딪치는 술잔
위하여 위하여 무엇을 위하여
싱싱하던 우럭회는 점점 말라가고
시간은 자정을 넘어가고

광란狂亂
― 노량진을 훔쳐보다 · 8

사십 도를 넘는 폭염으로 끓어대는 골목
그 바이러스가 뱃속으로 전염되었다
급하게 먹은 점심밥, 건너뛴 저녁
잠들기 전 허기를 채운 냉동만두
그게 문제였다 지칠 대로 지친 몸
식도 위 장으로 통증이 전이되었다
뒤틀린 새벽의 신음소리
쑥쑥내려가라쑥쑥내려가라
엄마의 주문을 대신 걸어보지만
인내는 통증을 멈추지 못했다
미로로 얽힌 언덕배기가 골치 아파
택시도 오지 않는다
하소연도 인정도 통하지 않는
통증은 온전히 자신의 것
실패는 성공의 어머니라는 말은
성공한 자들의 이야기일 뿐
거듭된 실패는
초라한 고립을 낳는다

아픈 것도 미안하고 죄스러워
엄마에게 전화를 걸지도 못하는
새벽, 통증을 밟으며 아침은 밝아오고

바람의 춤
― 노량진을 훔쳐보다 · 9

찬바람이 터질 듯한 빈 거리
풍선 인형이 춤을 추고 있다
인형의 심장은 발끝
어디론가 가고 싶은 바램으로
맨 정신에도 허우적거린다

반쯤 바람 빠진 사람들이
낮은 하늘에 눌려
기우뚱거리는 길
인형은 남자의 어깨를 툭툭 치며
바람을 잡는다
몸 어느 구석에 숨어있었는지
의식하지 못했던 느낌들이 모여
존재로 나타나는 바람

빠져나가려 몸부림치는 바람이
빌딩 사이로 휘몰아치면
도시도 일제히 춤을 춘다

무엇을 담았다 빠져나갔는지
검은 비닐봉지도 바람을 가득 담고
이리저리 날다, 밟히다,
골목에서 널부러진다

바람의 춤, 그 마지막이
막다른 골목일지라도 멈출 수 없다
바람은 가슴이 텅 빈 사람들을
춤추게 하는 동력이기 때문이다

묘약妙藥
─ 노량진을 훔쳐보다 · 10

바오밥나무처럼
슬픔의 군더더기가 나보다 크다
나를 삼켜버리기 전에
뽑아 버려야 한다

신神이 슬픔에게 준
최고의 선물이 있다면
그건 바로 망각妄覺

비록 사라지지는 않지만
망각이라는 묘약 하나
소주에 타서, 원샷
비까지 내리면, 땡큐

한잔하자
너무 취하지는 말자, 그래도
살아야 할 내일이 있으니

슬픈 무기들

멧돼지가 마을로 내려왔다. 사냥개를 네 마리나 죽이며 제대로 한 번 송곳니의 위력을 발휘할 찰라, 사살되었다. 멧돼지의 송곳니는 더 이상 날을 세우지 말아야 했다. 이 별에선

순하게 진화한 무소뿔도 아무짝에 쓸모없어 버려졌다. 살과 뼈, 내장에 피, 가죽까지 도려내고 남은 뿔은 쓰레기다. 모든 혈기를 뿔끝에 모아 거침없이 질주하던 전설을 더듬는 이, 버려진 뿔을 주어 칼로 새긴다. 너는 원래 무기였다.

삼십 년 결혼생활을 한 친구가 이혼 소송을 냈다. 무채 하나 제대로 썰지 못하는 그녀가 시퍼렇게 벼린 칼을 뽑았다. 이혼 사유는 더 이상 남자의 무기를 받아들이고 싶지 않다는 것. 폐경기의 암컷이 수컷에 이혼으로 맞섰다.

부서지는 이, 깨지는 손톱을 가진, 쥐뿔도 없는 나는 심장에 파란 불을 켜고 허공을 향해 으르렁 거린다. 맨살로 대들다 홀로 깨진다. 외길에서의 사랑도 사치라면 숨겨야 한다. 혀도 펜도 정의라고 잘못 놀렸다가는, 아니 잘 놀렸다가는 사살 될 수 있다. 이 별의 슬픈 무기들은

웃풍風

네 식구가 한방에서 끼어 자던 겨울
두꺼운 이불을 덮어도 딱, 거기까지
숨쉬기 위해 내놓은 코끝에 찬바람이 들러붙고
숨을 뱉을 때마다
영혼이 하얗게 빠져나갔다

공부를 한답시고 일어나 앉은 구석에
5촉짜리 꼬마전구가 보름달처럼 뜨고
얼어붙은 글자에 입김을 불어넣으며
꿈이나 희망 같은 글자를 일으켜 세울 때
웃풍은 먹구름처럼 천정에 걸려 있었다

매운 새벽이 작은 창으로 들어올 때가
가장 추운 순간,
움츠린 뼈마디를 맞추며
가족들은 일어났고
밤을 새운 나는 이불 속으로 기어들어갔다

>

시체처럼 누워

많은 질문을 웃풍에게 던졌다

해가 뜨자 웃풍은

말없이 천정을 빠져나갔고

나는 해를 희망이라 부르기로 했다

아무도 내 문제를 해결해 주지 않았다

어설프게 생의 문제를 하나하나 풀어갔고

잘못 풀어 헤매고 있을 때에도

희망은 웃풍 뒤에 똬리를 틀고

나를 늘 기다려 주었다

피고지고

거리의 죽음이 많은 계절
봄바람 때문만은 아닐 거다
도로 위에 널브러진 죽음들
채 식지 않은 심장이 파르르 떨고
튀어나온 눈이 세상을 거둔다
살기 위해 나선 길인지
죽기 위해 나선 길인지
죽기 살기였다고 해두자

거리 한 복판에서 걸음을 멈추고
불빛을 똑바로 쳐다보는
고라니 한 마리
가속도가 붙은 불빛을
동그란 눈으로 삼켜버린
순간,
어차피 좋은 죽음은 없다
모든 죽음은 '죽음' 으로 귀결된다

\>

봄, 사방이 죽기 살기다
필 것은 악착같이 피고
질 것은 과감히 진다

봄나물은 왜 쌉쌀한가

요즈음 살맛나요
봄나물이 지천이니 몸만 조금 움직이면
천지사방 먹을 것 투성이지요
어젠 고사리를 뜯었어요
앞 사람이 지나간 뒤를 따라가도 또 있어요
잘린 자리에서 또 올라오니
며칠간은 계속 뜯을 수 있어요
조금 지나면 질기고 독해져서 못 먹어요
연할 때 부지런히 뜯어야해요
푹 삶아 말려서 일 년 내내 먹으려구요
봄에 부지런하면 풍성하지요

요즈음 죽을 맛이에요
겨우내 지켜온 심장을 싹싹 도려가요
마른 가지 속에 나뭇가지처럼 몸을 숨겨도
뚝뚝 잘라가요, 잘린 자리 추슬러
남은 힘을 다해도 소용 없어요
초토화시켜요

하지만 견뎌야 해요
빨리 커서 빨리 꽃을 피워야 해요
맛있겠다고 말하지 말아요
풍성하다고 쉽게 말하지 말아요
이건 목숨을 건 숨바꼭질이에요
봄을 견뎌야 최소한 살아남아요

날개를 달아 드립니다
— 통영 동피랑 벽화마을에

잠시 눈을 감고 우리, 날아 보아요
험한 비탈일수록, 달동네일수록
날아오르기 좋다, 생각하구요
가난도 분칠하면 아름다워요

무거운 짐 내려놓고
살짝 날개도 달아보아요
바다가 출렁이며 내게로 와요
폴짝 뛰어오르면 하늘에 닿을 듯
달이 가까워져요

굴뚝에서 민들레가 피고
갈라진 담 틈새로 풀꽃도 피어요
숨차게 오른 비탈 끝
거친 숨소리는 봄바람이 되어요
상처도 예쁘게 감싸주니 꽃을 피우네요
내 안의 상처들이 딱정이를 밀고 나와
짭짤한 봉오리를 들썩거려요

>
저기, 검은 그림자 하나
비탈을 지고 내려오네요
발자국마다 민들레가 벙글고
날개가 쫓아오며 흰 등을 잡아주네요
긴 그림자가 꽃길이 되네요

선거 날 풍경

투표, 할까 말까
어쨌든 쉬는 날이니 좋아
고장 난 어깨 고치러 병원에 갈까
오른 쪽만 써먹어 병이 났는데
왼쪽이 대신할 수 있는 게 없다
안 하자니 찜찜해 투표소에 들러
왼손, 하나라도 제대로 해봐
꾹 눌러 찍고 병원으로 향했다

침을 꽂으니 쑥향이 새나온다
가는 길에 오일장이나 들러야겠다
시장 입구 시내버스 승강장은
할머니들로 북적거렸다
뻐근한 오른팔을 주머니에 넣고
나도 할머니들 속에 섞였다

현대화된 재래시장에서 밀려난 할머니는
구석에 쭈그리고 난전을 펼쳤다

가장 허름한 할머니 앞에 나도 쭈그러졌다
민들레랑 미나리 캐오셨네?
만 원짜리를 내놓자, 얼마 줘야지? 되물었다
옆에 앉은 할머니가, 오천 원이지, 거들어주었다
할머니는 뭐 팔아드리나?
난 마늘 까왔어
겨우내 지켜온 매운맛이 연한 싹을 내밀었다
꼬깃꼬깃한 검은 봉지가 봄기운으로 부풀어 올랐다

살만한 세상을 만들겠습니다
벽보 속 후보자 혼자 허옇게 웃고 있었다
갑자기 침 맞은 곳이 욱신거렸다
바람이 반인 검은 봉지를 왼손에 맡기고
차가운 봄길을 걸었다

봉지를 푸는 순간
우리 작은 밥상에도 봄이 올까
다듬어 데치면 한 그릇도 안 되는 봄

씨부랄

지기 위해 피는 꽃이 어디 있나
헤어지기 위한 사랑이 어디 있나

간판을 걸 데도 없어 바닥에 내려놓은 골목집. 사람이 살 것
같지 않은데 시끌벅적한 냄새가 새어 나온다. 오랫동안 손대는
이 없었던 듯 묵은 때로 찌든 식당, 아줌마. 중매 반 연애 반 인
간한테 홀려 첩첩산중 시골에 시집와 오도 가도 못하고 아들
둘을 낳았는데, 씨부랄, 인간은 먼저 가고 서른에 혼자되었는데,
웬수 같은 이곳이 그래도 고향 같아 고향집이라 간판을 내걸었
다. 돈 벌어 뭐하나 사람 만나는 재미로 있으면 팔고 없으면 마
는 거지. 씨부랄, 술값만 내면 안주는 공짜다. 몇 십 년 맺힌 음
기가 입으로 올라와, 씨발 좆도 술술, 음식 퍼주듯 욕을 쏟아놓
는데, 창밖에선 씨부랄 씨부랄 벚꽃이 하염없이 진다.

지지 않는 꽃이 어디 있나
이별 없는 사랑이 어디 있나

제 **4** 부

누구

누구

문득
낯설게 보이는
나,

누구세요?

오라그래

우리 모두
몰랐던 사이

인생 별 거 있나
사람 별 거 있나

사람 고픈 사람
오라그래

그리고

언제든, 가라그래
사람이든, 세월이든

키 작은 코스모스

― 윤진에게

어릴 적 뇌염에 걸려
지은 죄도 없이 반쪽이 마비된
그녀의 오른 손은 자꾸 밖으로 틀어진다
옆으로 뻗으려는 오른 손을
왼 손으로 꼭 붙잡고
절룩거리며 걷는 그녀
뒤를 따르며 균형을 잡아주는
그림자가 유난히 길고 깊다

하고 싶은 말들
하지 못한 말들이
검은 그림자 속에 숨어
괜찮은 듯, 한 쪽으로 기운
그녀를 지탱해주고 있는 걸까

어린 시절의 꿈이
몸과 함께 마비되어 살아온 세월
반쪽은 어린 마음 그대로인데

반쪽은 삶의 흉터가 빼곡하다
사십이 넘은 그녀는
슬픈 어른, 아니 슬픈 아이

눈빛은 하늘에 있고
가슴은 바다를 향하는 그녀
팔이 자꾸 옆으로 뻗어나가는 까닭은
날고 싶기 때문이 아닐까
날개가 되고 싶은 오른 팔
그걸 잡고 사는 왼팔
절룩거리며 흐르는 세월 속으로
어김없이 가을은 오고
코스모스는 또 피어나고

사랑 한 조각
— 길상사에서 백석과 자야를 생각하며

나뭇잎 사이로 얼핏거리는 후회
길은 꼬여있어 앞이 보이지 않았다
보였다면 우리는 어떤 모습일까
뒷모습을 보이지 않았다면
안 된다는 길로 들어섰다면

나갈수록 뒷걸음치는 시간
잘라버리고 싶은 그림들이
조각을 맞추며
점점 선명해진다

너와 내가 떠났고
너와 나는 남겨졌다
사랑하기 때문에 떠난다는 말
너 없이 살 수 없다는 말
세월이 지나면 객관이 된다

이별로

사랑은 과장되고
그리움은 부풀려지는 것
가질 수 없는 대상은
늘 허황하다

사랑이 남아있는지 모르겠다
사랑했었다는 진실 한 조각이
창 밖에 그림자로 걸려있다

혼자 끓다

― 고암 이응노의 집에서

연잎차가 혼자 끓고 있다
가끔씩 찾아올 누군가
그 누군가 속에
있을지도 모를 누구,
기다림이 뜨겁다

그늘진 처마 끝에 맴도는
바람 속으로 들어가
잠시 그 누구가 되어
따뜻한 환대를 받는다

마른 연잎이 버석거리며
가을을 가득 담은 연못
여름의 뜨거웠던 추억은
기다림처럼 차향에 녹아든다

더 사랑하는 사람이 참아야 한다고 했다
더 사랑하는 사람이 기다려야 한다고 했다

\>
세상 누구라도 받아주는 이 가을엔
기다림의 차 한 잔
어쩌면 찾아올 지도 모를
그 누구를 위해
따뜻하게 담아 두어야겠다

소나무

내가 가슴으로 말하면
세상은 머리로 대답했다

답을 알고 있지만
답이 보이지 않을 때

내가 눈물로 말하면
세상은 침묵으로 대답했다

동백꽃 지듯

바람 한 점 없는데
꽃송이가 스스로 진다

무엇 때문에 지는가
밤말을 엿듣는 쥐새끼 때문에
낮말을 퍼뜨리는 새새끼 때문에 진다
곳곳에 핏발선 카메라 때문에 지고
풍선 인형의 헛소리에도 진다
침묵의 날에 평생이 날아가고
등에 쏜 댓글에 심장이 뚫린다
세상의 날선 이목耳目,
단칼에 지는 사람들

바람 한 점 없는데
동백이 통째로, 아름답게 진다

히말라야의 짐꾼

처음으로
열세 살 아들이
짐을 지고 엄마와 산에 오른다
짐꾼은 저마다 져야 할 짐의 무게가 있다
엄마와 아들 사이에는 원칙이 깨진다
엄마는 아들의 짐을 덜어 자신의 짐 위에 올린다
이박삼일을 꼬박 오른 고지 마을, 수고비는 만 원
살 것은 많고 돈은 적다, 엄마는 치마를 집었다 놓는다
아들의 잠바와 바지를 골라 다시 짐을 지고 내려오는 길
내려오는 것이 더 힘들다는 것, 아파본 사람은 안다
엄마는 무릎 통증을 눈물로 훔치며 자꾸 뒤쳐지고
마음 아픈 아들은 저만치 앞서가 울며 기다린다
몸집보다 더 큰 짐을 지고 가는 모습을
신기한 듯 여행자는 사진을 찍는다
마지막이 될지 모를 짐꾼의 길을
엄마는 몸으로 가르친다
집이 가까워질수록
몸은 허물어지고

익모초

내려놓고
단순하게

한 걸음 뒤에서
살고 싶은데
가끔 초라해지네

나이를 먹는 것이
죄일 수 있는
욕심 없는 것이
무능일 수 있는

너와 나의
관계 속에서
움츠려드는 나를
바라보는 나

가끔,
씁쓸해지네

뿌리

뿌리는 손이다
쓰러지면서도 땅을 움켜쥐고
절대 놓지 않는다
사방으로 흩어지려는 가지들을
놓치지 않으려 바위 틈새로 파고드는 손

이 땅이 우주를 떠돌지 않고
항상 자리를 지키고 있는 것은
작은 풀들이 나무들이 암팡지게
땅을 움켜쥐고 있기 때문이다

보이지 않는 곳에
지독하게 뿌리를 내려
돌보지 않아도 스스로 자라는
'잡초'라 불리는
세상의 작은 손들이 없었다면
봄은 어디에서부터 왔을까

>
태풍에도
쓰러지지 않는
작은 풀들, 아버지의
부르튼 손이 질긴 뿌리다

벚꽃 피듯

치매에 걸린 시어머니에게
이 년 저 년 씨부랄 년
나 잡아가는 귀신같은 년
봄날 벚꽃 터지듯 욕을 먹은 날
불쌍하다, 잘 견뎌오다가
울컥 열불이 나는 날
늦게 들어온 남편에게
이렇게 살아야 하냐 퍼부어대니
남편의 눅눅한 한 마디

내일 비 온댜

웃을 수도, 울 수도
복장이 터지지도 못하는데
어쩌나,
비가 오고 나면
벚꽃은 미친 듯이 필 텐데
미친 듯이 질 텐데

박새 날다

새는 머리뼈 사이가 비어있다
턱뼈도 이빨도 없다
내장 사이를 공기 주머니로 채우고
작은 기관으로 최소한의 몸을 유지한다
뼈는 가늘고 속이 비어있다

허공만 바라보는 엄마
뼈가 숭숭해지며 가벼워진다
옷 위로 드러난 어깨뼈
가슴에 쏘옥 들어올 만큼 작아진 몸
최소한의 허기를 채우며 비우며
날아오를 준비를 하고 있다

돌아갈 곳도, 돌아올 곳도 없이
오직 한 곳만 지키더니
날아가고픈 곳은 어디일까
저 멀리 가있는 눈길
엄마는 아마 박새였을 것이다
한순간도 떠나보지 못한 텃새

십팔번뇌

막걸리 서너 잔에 노을을 지고
아버지는 늘 십팔번을 부르셨지

-배액 마 가아아앙에 고요한 다알 바아아암아

눈을 반쯤 감고 오른 손을 까딱까딱 흔들며

막걸리 가득 찬 만삭 배를 쑥 내밀고

한숨을 발등으로 후두둑 떨구며

너울너울 허공에 배를 띄우듯

-아아, 아, 아아, 달빛어어어어린

하소연을 하듯, 주문을 걸듯,
십팔, 십팔, 십팔, 십팔번을 부르셨지

노인병원에서

아픈 게 아니고 고장난 겨
고장나는 게 당연하지 기계하고 똑 같어
냉장고도 십년 쓰면 버걱거리는데
수십 년을 써먹었으니 멀쩡한 게 이상허지
부속을 갈아 쓸 수도 없구
잘 썼는데, 함부로 쓰다가 낡았는데
이제 바라는 건 하나
고물로 버려지지 않는 거여
버리기 아까워 반들반들 기름칠해서
윗목에 두었던 재봉틀마냥
곱게곱게 늙고 싶었는디
그러고 싶었는디
이젠 꿈조차 기억나지 않어
먹고 살려고 바둥거렸는데
진짜 먹고만 사네그려
하루 온종일 밥, 밥, 밥만 생각나
평생을 섬겨 온 정신은 어디 있나
정신이 나를 두고 먼저 가버렸어

내 탓

모든 일의 끝은 항상
내 탓으로 귀결되었다
가장 속 편하고
간결한 결론

나도 입이 있다고
밤새 준비한 말 던져놓고
돌아와 괜히 그랬다
내 탓으로 돌렸다

가난도,
아픔도,
꼬이기만 했던 앞길도

사랑도 그랬다
나의 고백은 항상 늦었고
떠나버린 것도
내 탓인 게 편했다

\>
나를 감싸온
'내 탓' 들이
둥그렇게 나이테로 굵어져
나를 보듬고 있다

겨울 바닷가

바다는 '무작정'이라는 말을 닮았다

수많은 길을 지나
낮은 곳으로 흘러든 물이
무슨 작정을 하고 온 길이겠는가

해풍을 맞으며
독해질대로 독해진 해송海松들은
처음부터 방풍림이 되고자
작정을 했겠는가

선택이 아닌 운명,
흘러온 곳에
자리를 잡은 것이다
외로움으로 푸르른 것이다

흘러가다보면
어김없이 내 몸은

바닷가에 정박하고 있다

외롭다는 말도
잊은 채로 서 있는 내 등을
바다는 철썩철썩 떠밀어댔다

냄비 받침으로

짜장면 빈 그릇을 쌀 때는
한물간 신문지가 제격이다
하루 만에 싱싱도가 떨어져 버리지만
세상을 덮은 이야기들도 가득해
부랴부랴 때운 한 끼 정도는 기꺼이 치운다
얇고 넓으니 원하는 대로 구겨지며
짜장면 서너 그릇 정도는 싸고도 남는다

적당한 두께와 크기
시집詩集은 냄비 받침으로 제격이다
세상 뭘 안다고,
인생 뭘 안다고, 헛소리들
더 꼭꼭 밟아야 한다고
더 뜨건 맛을 봐야 한다고
더, 더, 익혀야 한다고
밑바닥 맛을 보며 노릇노릇해진 시집

라면으로 허기를 채운 마음 하나가

우연히 책장을 열었을 때
사람 사는 냄새 구수하게 풍겨
맛있겠다, 입맛을 다시며
한 입 베어 물면 그만이다

가는 길

쿵!

무언가 차에 부딪쳤다
정체를 알 수 없었지만
생명이 부서지는 소리
차를 돌려 찬찬히 되짚어갔다
아무 흔적도 없다

쿵!

가슴이 내려앉는다
상관없이 누군가는 죽고
살아남은 자의 아침은 오고
가는 길은 간단했다
흔적도 없이

쿵!

일상日常의 시학
— 정명순,『그냥』

전 기 철
(시인 · 숭의여대 교수)

일상日常의 시학

— 정명순, 『그냥』

전 기 철

(시인 · 숭의여대 교수)

1

우리는 일상에 매여서 살아간다. "지구의 손아귀에 붙잡혀/ 한 번도 떠나본 적 없는 달"과 같이, "제자리만 뱅뱅 돌고 있는 나"(「행선行禪」)와 같이 일상을 반복한다. 이런 일상이 모여서 일생(一生)이 되지만 비슷하고 사소한 일들의 되풀이가 관성화 돼 버려서 우리는 새로움이나 신신함을 느끼지 못하는 것이다. 그러나 이 일상이야말로 "돌보지 않아도 스스로 자라는/ '잡초'라 불리는/ 세상의 작은 손들이 없었다면/ 봄은 어디에서부터"(「뿌리」)처럼 삶을 지탱하는 뿌리이다. 우리가 일상을 살면서도 그 일상의 존재감을 특별하다고 느끼지 못하는 것은 늘 어디에서나 있어 온 평범한 '생활'이기 때문일 것이다.

그런데 정명순 시인은 이런 일상을 시의 공간으로 이동시킨다. 화려한 수사적 기교나 별다른 시적 장치 없이 담백하고 진솔하게 일상의 단면들을 클로즈업한다. 이름도 모른 채 '잡초라 불리는' 풀들과 같은 일상을 재발견하고 있다. 영화에 비유한다면 정명순의 이번 시집은 일상을 있는 그대로 보여주기 기법으로 찍은 일종의 다큐멘터리인 것이다. 압바스의 영화 〈내 친구의 집은 어디인가〉를 보는 듯 일상에서 이야기를 찾고 감성을 찾는 것이 정명순의 시이다. 이제 철학도 일상성의 문제에 관심을 가지고 있다. 앙리 르페브르는 『현대세계의 일상성』에서 오늘날 우리를 지배하는 것은 거대한 서사가 아니라 기차를 타고 버스를 타는 일상, 밥을 먹고 화장실을 가는 사소한 것들이라고 하였다.

정명순 시인의 이번 시집에서 보이는, 용산으로 가는 기차 안에서의 다양한 일상을 보여준 연작 시편들, 노량진 세태 풍경을 담은 연작 시편들, 자잘한 생활상과 감성들을 섬세하게 들여다본 시인의 눈길을 따라가다 보면 매순간 우리의 삶 자체가 한 편의 시이며, 일상을 살아가는 일이 얼마나 위대한 것인지 새삼 깨닫게 해준다. 사소하고 보잘것없는 것들이 우리의 감성이나 의식을 지배하는 것임을 정명순 시인의 시집을 읽으면 새삼 깨닫게 된다.

2

먼저 기차다. 근대에는 기차가 욕망의 매개체였다. 하지만 이제 기차는 일상이 되었다. 홍성에서 거주하고 있는 정명순 시인은 수시로 용산행 기차를 탄다. 시인에게 용산행 기차는 일상을 벗어난 여행의 의미가 아니라 생활의 일부이다. 수많은 사람이 타고 내리는 기차 안에서 시인은 옆자리에 앉은 사람과 주변의 다양한 이들의 모습과 대화에 귀 기울이기도 하고, 친구들끼리 카톡방에서 수다를 떨기도 하고, "자궁암으로 갔다는 친구의 소식"(「봄길 –용산으로 가는 기차 · 1」)을 접하고 숙연해지도 한다. 기차는 시인으로 하여금 지나간 일상을 반추시킨다. "영화 필름처럼 펼쳐지는 상념들/ 한 장 한 장 잘라 창밖으로 던"(「안개 –용산으로 가는 기차 · 13」)지게 하며, "깜깜하게 보이지 않던 세월"이나 "떠나간 사람의 모습도 잠시 선명"(「바람이 먼저 –용산으로 가는 기차 · 2」)하게 회상하도록 만든다. 수많은 사람과 생각이 마주치는 기차는 하나의 인생과도 같다. "한 외로움이 내리면/ 다른 외로움이 오른다"(「울컥 –용산으로 가는 기차 · 14」)에서 보듯이 정명순 시인은 인생이라는 기차에서 외로움을 본 것이다. 끝없는 철길을 혼자서 가는 기차의 이미지는 '외로움'의 정서를 환기시키지만 정명순 시인은 이 우울의 정서에 머무르지 않고 삶의 활기와 역동성을 발견한다.

> 중풍 맞은 남편을 붙잡고
> 할머니가 기차에 오른다
> 땀에 흠뻑 젖은 흰머리가
> 깊은 주름 속에 박혀있다
> 흘리는 침을 닦아주고
> 사과를 깎아 먹인다
> 커튼을 열어 가을을 보여준다
> 꿈먹꿈먹 창밖을 응시하다
> 눈을 감는 할아버지
> 할머니는 커튼을 치고
> 숨을 확인한다
>
> 팔을 걷어붙인 할머니는
> 스마트폰을 열어젖힌다
> 화투장이 신명나게 날아다닌다
> 고, 고, 스톱,

— 「고[go] −용산으로 가는 기차 · 11」 부분

인생을 동고동락한 노부부가 힘겹게 기차에 오르는 모습에서부터 병든 할아버지를 챙기는 할머니의 일거수일투족이 측은하기도 하고 안쓰럽다. "꿈먹꿈먹 창밖을 응시"하는 할아버지의 표정에서는 어떤 생기도 읽을 수가 없다. 이런 환자를 수발하는 할머니 역시 육체적으로든 정신적으로든 에너지가 소진된 상태일 것이다. 그런데 스마트폰으로 고스톱을 신나게 하는 할머니의 모습은 이런 우려를 한방에 날려버린다. 기차 안에서 고스톱 삼매경에 빠진 할머니는 '활기' 그 자체이다. 마치 "인생 별 거 있나"(「오라그래」) 하면서 걱정 따위는 날려버리라고 외치는 것만 같다. 할머니를 통해 보여준 '신명나게 날아다니는 화투장'은 우리가 까먹었던 일상 속의 '흥'인 것이다.

눈이 내리면 첫차를 탈 거야
폭설이면 더 좋아
1호차 52번, 넓은 창 아래 앉아
밤새 쌓인 눈을 헤쳐 볼 거야

엇갈려만 가는 세상
조용히 덮어버리려는
속내를 뒤집어 볼 거야

별 것 아닌 듯 별것인

뻔한 듯 뻔하지 않은

도무지 알 수 없는 평생선

—「1호차 52번 −용산으로 가는 기차 · 17」 부분

   눈과 함께하는 기차는 낭만적인 풍경을 연상시킨다. 눈발 속을 달리는 기차는 무엇보다도 감성적으로 다가오기 때문이다. 익히 알고 있듯이 북방의 시인 이용악은 함박눈과 백무선 철길을 달리는 기차를 통해 「그리움」이라는 절창의 시를 탄생시켰다. 눈이 내리는 날, 철길을 달리는 기차는 우리가 한 번도 가보지 못한 다른 세계로 가는 것 같기도 하고 막연하게 그리워하는 그 어떤 곳을 향해 가는 것 같기도 하다. 그 세계란 다름 아닌 감성의 세계일 것이다. 정명순 시인 역시 눈이 내리는 날에 첫 기차를 타고 싶어 한다. 눈으로 덮인 세상과 그 세상을 펼쳐 보이며 달리는 기차는 "별 것 아닌 듯 별것인/ 뻔한 듯 뻔하지 않은" 감성이 피어나는 공간이다. "달려가면/ 철길 끝에서 누군가/ 나타날 것 같은/ 근거 없는/ 이 기다림"(「불치병 −용산으로 가는 기차 · 16」)처럼 감성의 촉수들이 뻗어간다. 이때 사물이든 사람이든 일상의 풍경들이 새롭게 들어와 시적 대상이 되는 것이다. 차창 밖으로 풍경들을 펼쳐 놓은 기차는 시인에게

일상적인 존재이면서도 상상과 감성들이 샘솟는 특별한 장소
이기도 하다.

기찻길을 따라가다 보면
등 돌린 집들
뒤란이 눈에 들어온다

보여주기 싫은 것들
보고 싶지 않다는 듯
지저분하고 낡은 것들
쓸모없는 것들
숨기고 싶다는 듯

창문은 작고 두툼하다
키 큰 나무로 가렸지만
어설픈 틈새로 고스란히 드러난다

누구나 부끄러운 것이 있다
누구나 숨기고 싶은 것이 있다
완벽하게 숨겼다 생각하지만
허술하게 드러나는 뒷모습

두엄에서 아무렇게나 자란 호박넝쿨이

황금등을 켜는 계절에

잠시 앞마당처럼 살아나는 뒤란

— 「뒤란-용산으로 가는 기차 · 8」 부분

기차가 정명순 시인에게 상상력을 자극하는 것은 일상의 풍경들이 있기 때문이다. 그 풍경에는 기차에 탄 다양한 인간군상도 포함된다. 시인은 기차를 타고 가며 일상의 풍경이나 사물을 평이하게 바라본다. 여기에서 그가 바라본 풍경에 어떤 의미가 있는가는 그렇게 중요하지 않다. 그 일상 속에는 평범한 사람들의 정서가 있기 때문이다. 위의 시 「뒤란」도 그러한 맥락에 있는 작품이다. 시인은 뒤란을 통해 "누구나 부끄러운 것", "누구나 숨기고 싶은 것"이 있음을 본다. 뒤란은 단순히 물리적인 장소로 파악할 수도 있지만 언어의 다층적 의미를 생각해 볼 때 우리의 내면을 상징한다고 볼 수 있다. 뒤란에 대한 인식이 "숨기고 싶은 것" 쯤으로만 그쳤다면 이 시는 별다른 감흥을 주지 못했을 것이다. 시인의 통찰이 빛나는 것은 그 '뒤란'에서 "황금등"이 켜진다는 깨달음이다. 우리가 타인에게 그럴싸하게 드러내 보이는 외적인 가치나 자랑거리는 진정한 황금이 아니다. 어쩌면 뒤란은 우리가 눈여겨보지 않았던 내적 가치들이 쌓여있는 보물창고일 수도 있다. 또한 소중한 줄 모르고 아무렇게나 방치했던 일상인지도 모른다. 그 일상에서 황금을 발견하는 것임을 시인은 말하고 있는 것이다. 시인은 평범한 사람들을 통해서 일상의 위대함을 발견한 것이다.

3

다음으로 일상의 풍경은 평범한 사람들이 모여드는 공간이다. 이런 공간은 보잘것없는 욕망으로 얼룩진다. 노량진은 입시족, 공시족, 고시족 등으로 불리는 대한민국의 젊은이들이 꿈과 야망을 갖고 모여든 곳이다. "정신을 채우는 일은 고리타분한 일이 된 현실"(「김치부침개 -노량진을 훔쳐보다 · 6」)속에서 성공에 청춘을 저당 잡히고 아등바등 살아가는 젊은이들의 초상(肖像)을 정명순 시인은 노량진 연작시를 통해 보여주고 있다. 상상력이 작동하기보다는 생활상을 재현하는 방식으로 청춘들의 일상과 세태를 시적 공간에 담았다.

어느 하루도
붉게 살지 않은 날이 없는데
파랗게 질려버린 청춘의 오월

　　　　—「오월 -노량진을 훔쳐보다 · 1」 부분

'청춘'이라는 단어가 함축하고 있는 의미 중의 하나가 열정
일 것이다. 그러므로 그것은 ".붉게 살지 않은 날이 없"다. 그런
데 그 열정이 무색하리만큼 "파랗게 질려버린 청춘"이다. 노량
진은 우리 시대 젊은이들의 현장이지만, 그곳은 건강해 보이지
않는다. "그럴싸한 명함들이/ 가래침에 자근자근 밟힌다/ 터진
쓰레기 봉지에서 빠져나오는 한숨/ 고시 지옥에도 붉은 환락
은 공존"(「밤거리 −노량진을 훔쳐보다 · 2」)하는 곳으로 성공
에 대한 욕망과 좌절이 한데 엉킨 '고시지옥'이다. 욕망은 '터
진 쓰레기 봉지'가 되기도 하고 '한숨'이 되기도 한다.

　　　길을 바꾼다는 것
　　　새로운 길을 간다는 것은
　　　첫걸음만큼 두려운 일이다

　　　한 우물을 파며
　　　깊이 내려가
　　　헤어 나오지 못하고
　　　갇혀버린 청춘들

　　　접어야 하나
　　　계속 가야 하나
　　　접자니 아깝고

계속 가자니 깜깜하고

뒤집어볼까, 인생
내일을 카드 한 장에 걸어볼까

　　　　　　　—「타로점 –노량진을 훔쳐보다 · 5」 전문

　불안은 영혼을 잠식한다. '고시'라는 우물을 파내려가지만
물은 나오지 않고 깊은 구덩이로 변해버린 현실. 그곳에 갇혀
버린 청춘들은 길을 찾지 못한다. 타로 카드 한 장이 길을 만
들어줄 수 없다는 것을 알지만 점이라도 쳐서 미래를 알고 싶
을 만큼 막막하고 답답한 심정이다. 불안한 자아는 일상이 "전
쟁터에서 살아남기 위"한 것이며, "그는 사랑을 버렸다, 과감
히"(「사랑이라는 사치 –노량진을 훔쳐보다 · 4」)처럼 사랑마저
생존에 걸림돌이 된다. 그런데 사랑을 버림으로써 "그는 버려
졌다, 가볍게"(「사랑이라는 사치 –노량진을 훔쳐보다 · 4」)에서
보듯이 누군가를 버린다는 것은 결국 자신이 버려지는 것이다.
소외가 소외를 낳고 "슬픔의 군더더기가 나보다 크다/ 나를 삼
켜버리기 전에/ 뽑아 버려야 한다"(「묘약妙藥 –노량진을 훔쳐보
다 · 10」)는 불안과 상실을 앓고 있다. 고립은 독거청년을 위태
롭게 만든다.

사십 도를 넘는 폭염으로 끓어대는 골목
그 바이러스가 뱃속으로 전염되었다
급하게 먹은 점심밥, 건너뛴 저녁
잠들기 전 허기를 채운 냉동만두
그게 문제였다 지칠 대로 지친 몸
식도 위 장으로 통증이 전이되었다
뒤틀린 새벽의 신음소리
쑥쑥내려가라쑥쑥내려가라
엄마의 주문을 대신 걸어보지만
인내는 통증을 멈추지 못했다
미로로 얽힌 언덕배기가 골치 아파
택시도 오지 않는다
하소연도 인정도 통하지 않는
통증은 온전히 자신의 것
실패는 성공의 어머니라는 말은
성공한 자들의 이야기일 뿐
거듭된 실패는
초라한 고립을 낳는다
아픈 것도 미안하고 죄스러워
엄마에게 전화를 걸지도 못하는
새벽, 통증을 밟으며 아침은 밝아오고

　　　　　—「광란狂亂 -노량진을 훔쳐보다 · 8」 전문

급체를 해서 고통을 겪으면서도 청년은 어느 누구에게 도움을 청할 이웃이 없다. 엄마 대신 엄마의 약손을 떠올리며 엄마표 주문을 걸어 보지만 그 주문은 비정한 현대의 도시에서 약발이 들지 않는다. 엄마에게 "아픈 것도 미안하고 죄스러워"서 자신의 고통을 말할 수 없다. 고립이든 고통이든 각자의 몫으로 각자도생할 뿐이다. 어느 누구도 손잡을 수가 없다. 도시 속의 개인에게 이웃은 존재하지 않는다. 노량진 연작 시편들은 현실에 치이고 꿈에 치이고 성과에 치이고 자신의 영혼을 놓아버리다가 바람인형처럼 흔들리는 청춘들의 보고서이다. 여기에서는 아프니까 청춘이라는 말이 더 이상 아무런 위안이 되지 못한다. 이웃이 실종되고 각자의 생존 현장으로 변해버린 노량진의 세태 풍경은 현대사회의 바로미터라고 할 수 있다.

골목이 자글자글 끓는다
생선찌개가 고기 타는 냄새 속으로
볶음밥 사이사이에 김치부침개가
향수 냄새에 커피 향이 섞이고
담배 연기가 모든 냄새를 버무린다
바람은 컵라면 빈 그릇 속에서 나뒹굴고
누군가 게워낸 열변에 파리 떼가 몰려든다
어두운 골목에 질척하게 밟히는 냄새들
…(중략)…

입에 맞는 냄새 하나 건져
빠른 탈출을 꿈꾸는 거리,
늦은 밤 캐리어 끄는 소리가
좁은 골목을 뒤흔든다
저 소리는 이륙일까

—「이륙離陸 -노량진을 훔쳐보다 · 3」 부분

어두운 밤 골목의 캐리어 끄는 소리를 시인은 왜 이사가 아니라 '이륙'이라고 했을까? 노량진은 성공을 향해 탈출을 꿈꾸는 청년들이 모여든 곳이다. 탈출을 이륙이라고 한 것은 성공을 한 계단씩 밟고 올라가는 것이 아니라 허공을 향해 날아오르는 것이라고 생각했기 때문이다. 시인은 노량진에서 바글거리는 젊은이들의 모습에서 이카루스의 후예로 보았을 것이다. 성공, 즉 태양을 향해 날아가고 싶은 욕망, 날개를 달고 날고 싶은 욕망을 노량진 훔쳐보기를 통해 느낀 것이다.

4

시인은 일상의 날것 그대로를 보여주려고 한다. 일상에서 적나라한 그대로의 날것이 그 어떤 서사나 감성보다 위대하다는 것을 시인은 보여주려고 한다.

　지기 위해 피는 꽃이 어디 있나
　헤어지기 위한 사랑이 어디 있나

　간판을 걸 데도 없어 바닥에 내려놓은 골목집. 사람이 살 것 같지 않은데 시끌벅적한 냄새가 새어 나온다. 오랫동안 손대는 이 없었던 듯 묵은 때로 찌든 식당, 아줌마. 중매 만 연애 반 인간한테 홀려 첩첩산중 시골에 시집 와 오도 가도 못하고 아들 둘을 낳았는데, 씨부랄, 인간은 먼저 가고 서론에 혼자 되었는데, 웬수 같은 이곳이 그래도 고향 같아 고향집이라 간판을 내걸었다. 돈 벌어 뭐하냐 사람 만나는 재미로 있으면 팔고 없으면 마는 거지. 씨부랄, 술값만 내면 안주는 공짜다. 몇 십 년 맺힌 음기가 입으로 올라와, 씨발 좆도 술술, 음식 퍼주듯 욕을 쏟아놓는데 창밖에선 씨부랄 씨부랄 벚꽃이 하염없이 진다.

　지지 않는 꽃이 어디 있나
　이별 없는 사랑이 어디 있나

　　　　　　　　　　　—「씨부랄」 전문

"고향집"이라는 간판을 걸고 장사를 하는 주인 여자는 신산한 삶을 살아왔다. 산전수전 다 겪었을 여자가 입말처럼 내뱉는 "씨부랄"은 날것 그대로 몸의 언어이자 인생의 언어이다. 그 "씨부랄"과 벚꽃이 한 공간에서 휘날린다. 꽃과 욕, 두 개의 상반된 이미지는 상충되면서도 절묘하게 어울린다, 여자의 욕설이 천박하게 들리지 않는 것은 욕설이 벚꽃으로 치환되고 있기 때문일 것이다. "씨부랄"이라는 이 날것의 언어에 그녀의 삶이 모두 집약되어 있다. 즉 응어리진 아픔이며 한이다. 그것이 벚꽃처럼 활짝 피어났다가 하염없이 지고 있다. 아픔이 뭉치면 한이 되고 그 한은 만개해져서야 비로소 진다. 활짝 피어나는 순간 지는 것이다. 아픔을 풀리듯이 벚꽃이 지는 장면은 애이불비의 정서를 한편의 영상으로 보는 것처럼 아름답다.

삶의 아픔은 통증이라는 육체적 감각으로도 나타난다. 통증은 우리가 겪은 일상의 한 단면이다. 그리고 살아있다는 증거이기도 하다. 정명순 시인은 통증을 삶의 활력소로서 역발상적인 인식을 보여준다.

　　매운맛은 통증이다
　　단맛 신맛 짠맛 쓴맛처럼
　　혀로 느끼는 맛이 아니라
　　살 속을 파고드는 아픔맛이다

땀을 뻘뻘 흘리며
엔도르핀을 만들어 통증에 맞선다
아픔을 견딘 얼얼하고
속 시원한,
그게 바로 매운맛이다

벼랑 끝으로 내모는
세상의 공격에 맞서는 길은
희망이라는 엔도르핀을 만드는 것
슬퍼도 웃으며
아파도 크게 웃으며
후끈후끈 견디고 느껴지는
매콤한 살맛

청양고추 듬뿍 들어간
낙지볶음도 잘근잘근 씹는다
뜨거워지는 내 몸은, 분명
희망을 펌프질할 것이다

— 「살맛」 전문

관념적인 고통이 아니라 생활과 몸으로 느끼는 날것인 "통증"이 시인에게는 "살맛"이다. 생동하는 에너지이면서 "희망을 펌프질"하는 "엔도르핀"이다. 통증이나 고통 앞에서 시인은 결코 실의를 보이지 않는다. "눈물에 몸담고 있다 해서/ 푸른 싹이 돋지 않는 건 아니야", "슬프다고 행복하지 않은 건 아니야"(「주산지에서」)라고 생각하거나. "희망은 웃풍 귀에 똬리를 틀고/ 나를 늘 기다려 주었다"(「웃풍」)에서 보듯이 언제나 믿고 기다려주는 인생의 길잡이임을 알고 있다. 시인이 인생을 바라보는 이런 긍정적이고 낙관적인 태도는 "통증"을 아무렇지도 않은 무심함으로 대하기도 한다.

마음속에 든 멍도
모른 척 내버려 두면
조금씩 굳은살이 박힌다
어쩌다 비가 내리는 날이면
통증이 다녀간 자리가 쑤셔대지만
그건 날씨 탓,
통증은 어제의 일이다

—「멍」 부분

통증은 그냥 "모른 척 내버려 두면" 스스로 치유가 된다. 이런 무심함은 이미 지난 것에 대해 미련을 갖거나 집착하지 않는 태도이다. 그냥 있는 그대로 받아들이면 초연해진다. 시인은 "여름 같은 봄이어도 좋고/ 봄 같은 여름이도 좋아/ 조금 이를 뿐/ 조금 늦을 뿐"(「흔들리는 계절 −용산으로 가는 기차 · 7」)이라며 담담함으로 자신의 일상을 바라볼 뿐이다.

단국대병원 55동 14호실
침대에 누워 죽은 듯
흘러가는 구름이고 싶었다
…(중략)…

생각은 통증에 약하다
내 자신에게서조차 멀어진다
몸에서 빠져나간 내가
내 몸의 통증을 바라보고 있다

시간은 동동거리지 않는다
흐트러짐 없는 고요
창밖으로 오가는 시간을 보고 있으면
형체만 보이는 소나무처럼
삶도 사랑도 객관이 되고
통증도 하얀 소금꽃으로 피어난다

― 「소금꽃」 부분

통증을 객관화해서 바라본다는 것은 분리의 시선이다. 이 분리의 시선을 갖기 위해서는 '시간'이라는 물리적 상태와 '고요'라는 심리적 상태가 필요했을 것이다. 시인은 이 과정을 통과해서 통증의 승화이자 결정체인 "소금꽃"을 피운 것이다. "상처도 예쁘게 감싸주니 꽃을 피우네요/ 내 안의 상처들이 딱정이를 밀고 나와/ 짭짤한 봉오리로 둘썩거려요"(「날개를 달아 드립니다 —통영 동피랑 벽화마을에」)에서도 꽃은 상처를 견디고 피어난 "소금꽃"이므로 짭짤한 맛을 내는 것이다. 우리는 누구나 일상에서 고통을 기꺼이 감내하면서 이 "소금꽃"을 피우기 위해 인생이라는 긴 여정을 꿋꿋이 걸어간다. 일상의 고통과 통증에 귀 기울이고, 그것을 지극히 바라볼 때 삶은 새로운 단계를 향해 나아갈 수 있음을 시인은 알고 있다.

5

고것 참,
잔 숨결처럼
살포시 작은 이슬이 되어요
아찔해요
민들레 홀씨처럼 사뿐사뿐

입김만 불어도
까르르 간지럼을 타요
웃음소리가 종소리처럼 번져
대책 없이 가슴이 뛰어요

그만해, 그만해
동동거려도 소용없어요
내 맘 같은 건 상관없다는 듯
나풀거리며 다가와요

—「눈이 와요」부분

아이의 마음으로 사물을 본다는 것은 인생에서 누리는 큰 기쁨이다. 정명순 시인은 눈이 오는 날 아이가 되어 눈을 바라본다. 아이의 사랑스러움과 천진함은 독자들에게도 그대로 전이된다. 마치 눈 오는 풍경이 아이가 "까르르 간지럼 타"면서 웃는 소리처럼 느껴진다. 시인의 천진난만한 상상력은 현실 속 일상을 마법의 세계로 바꾸기도 하며 사물들과 소통하고 공감을 형성하기도 한다.

그대에게 홀리고 싶다

외로움 사이사이로 뚝딱!
고단함 사이사이로 뚝딱!
깜짝깜짝 기분 좋은 웃음을 주는
전설 속으로 빠지고 싶다

기도가 현실이 되는
도깨비굴로 살짝 들어가
…(중략)…
뚝딱!
이 세상에서 감쪽같이 사라져
아득한 별에도 가고

뚝딱!
젊은 내가 하늘을 날아다니는
말도 안 되는 꿈속으로

　　　　　　　—「도깨비에게」 부분

　도깨비는 마법을 부린다. 요술방망이로 뚝딱하면 뭐든지 가
능하다. 시인의 내면에 아이의 동화세계를 간직해야 이런 판타
지와 자유가 나올 수 있을 것이다. 아이가 주변의 사물을 인
격체로 여기며 현실과 환상의 세계를 넘나들듯이 정명순 시인

도 사물과 소통한다. 함께 20년을 살아온 고장 난 뻐꾸기시계의 삶을 이해하기도 하고 "심사가 뒤틀린" 채 "한 귀퉁이에서 혼자 부글거"리는 꽃(「심술 난 제비꽃」)에게 말을 걸기도 한다. 니체는 『차라투스트라는 이렇게 말했다』에서 '정신의 세 단계'를 말하며, 정신이 낙타, 사자, 아이로 세 단계 변화를 거친다고 했다. 순종과 타율의 낙타 단계, 반항과 자유정신의 사자 단계, 그리고 충만한 기쁨과 신성한 긍정의 상태인 아이의 단계다. 아이는 자신의 내면에서 발견한 천진성이다. 우리가 삶에서 소진하면서 잃어버린 실낙원의 세계인 것이다. 하지만 정명순 시인의 동심은 현실과 괴리되지 않으며 오히려 투명하게 일상을 통찰하려는 힘이기도 하다.

시집詩集은 냄비 받침으로 제격이다
세상 뭘 안다고,
인생, 뭘 안다고 헛소리들
더 꼭꼭 밟아야 한다고
더 뜨건 맛을 봐야 한다고
더, 더, 익혀야 한다고
밑바닥 맛을 보며 노릇노릇해진 시집

— 「냄비 받침으로」 부분

    정명순의 시들은 "노릇노릇해진" 맛이 있다. 그것은 일상이라는 바닥에 우리네 삶을 익혀낸다. 그것은 추상적이거나 관념이 아니라 생활로서 "꼭꼭 밟아" 리얼리티를 담고 있다. 시인은 하루하루라는 일상을 불꽃으로 본다. "하루 속에는/ 무슨 꽃이 숨겨 있는지/ 터져봐야 알 수 있는/ 이름 모를 하루의 불꽃"(「불꽃놀이」)임을 우리에게 재발견하도록 만든다. 그에게 일상은 숨바꼭질하듯 두근거리며 찾아내는 '꽃'인 것이다.

시와소금 시인선 75

그냥

ⓒ정명순, 2018. printed in Seoul, Korea

1판 1쇄 발행 2018년 6월 15일

지은이 정명순

펴낸이 임세한

책임편집 박해림

디자인 유재미 정지은

펴낸곳 시와소금

출판등록 2014년 1월 28일 제424호

발행처 강원 춘천시 충혼길20번길 4, 1층 (우-24436)

편집실 서울시 중구 퇴계로50길 43-7 (우-04618)

팩스겸용 (033)251-1195 / 휴대폰 010-5211-1195

이메일 sisogum@hanmail.net

ISBN 979-11-86550-68-7 03810

값 10,000원